LETTRE

A

M. SECOUSSE,

DE L'ANCIENNE COMPAGNIE DES CENSEURS ROYAUX.

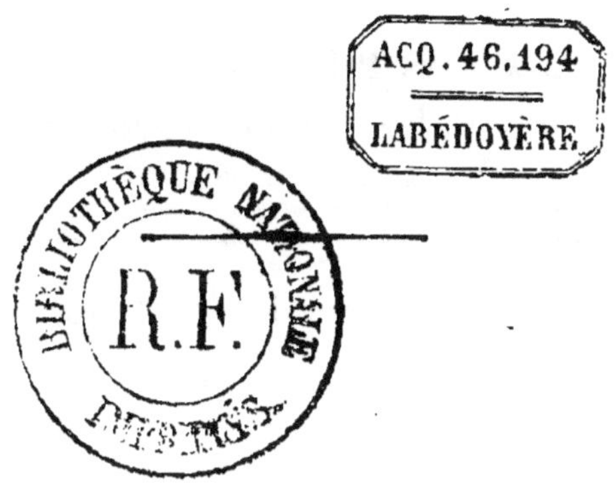

A PARIS,

Chez {
Martinet, rue du Coq-Saint-Honoré ;
Pélicier, au Palais-Royal ;
Ladvocat, au Palais-Royal ;
Eymery, rue Mazarine, n° 3o.

IMPRIMERIE DE CHAIGNIEAU JEUNE.
1818.

LETTRE

A

M. SECOUSSE (1).

MON cher M. Secousse. — Vous ne sauriez imaginer jusqu'à quel point la censure s'est perfectionnée
en France depuis votre départ. C'est, sans contredit,
celle de nos institutions qui marche le mieux. De votre
temps, elle était infiniment libérale en comparaison
de ce qu'elle est du nôtre. Soit qu'en lisant à la tâche,
elle sommeillât quelquefois d'ennui, soit que, de
temps à autre, elle se relâchât de ses rigueurs, il y
avait moyen de s'entendre avec elle sur quelques principes, et de lui faire admettre quelques vérités
utiles. Vous-même, M. Secousse, vous dont les lu-
nettes eussent défié un mot douteux de passer im-

---

(1) M. Secousse fleurissait au commencement du dix-
huitième siècle, ainsi qu'on peut le voir par les deux mille
approbations et privilèges signés de sa main en ce temps-là.
C'est lui qui, en approuvant d'office une traduction de l'Al-
coran, déclara qu'il n'y avait rien trouvé de contraire aux
mœurs ni à la religion.

1 *

punément devant elles ; vous qui l'eussiez flairé à travers les épaisseurs du plus gros manuscrit, ne vous flattez pas d'avoir jamais eu la vue aussi perçante, ni l'odorat aussi exquis que vos successeurs. Vous n'avez point connu cette prudence des serpens qui les distingue si éminemment. Au moins était-il permis de compter avec vous sur quelques légères distractions, sur quelques momens d'assoupissement. Mais, avec eux, il n'y a point de ces chances-là. Mettez sous leurs yeux l'écrit le plus soporifique, le journal le plus propre à faire bâiller la ville et les faubourgs, leur infatigable paupière n'en sera pas appesantie. Le besoin de prouver qu'ils sont à leur poste, et qu'il y aurait péril à les en retirer, leur fera découvrir des monstres cachés sous une patte de mouche. Avec eux la patrie est en danger pour une virgule. Les lettres initiales leur sont suspectes ; les étoiles leur sont suspectes ; les verbes et les participes, les substantifs et les adverbes leur sont suspects ; en un mot, toutes les lettres de l'alphabet leur sont suspectes ensemble et séparément.

Ne me demandez pas s'ils ont un corps de doctrine, s'ils obéissent à des règles fixes, je serais obligé de vous répondre que non, et qu'on s'en rapporte aveuglément à leur infaillibilité. En fait de principes politiques, je ne leur en connais qu'un seul ; c'est de bien affermir sur leur tête le canonicat de deux mille écus dont le ministère les gratifie pour faire la chasse aux idées. Il faut l'avouer, ils y mettent du zèle et de la persévérance ; cette chasse aux idées se fait avec une ardeur toujours

croissante ; et il ne tiendra certainement pas à eux
que le plaisir ne dure ; car eux-mêmes, ils pa-
raissent fort disposés à durer long-temps, et je ne
crois pas qu'il soit donné à personne de voir jamais
la fin d'une vie de censeur N'est-il pas remar-
quable, en effet, qu'aucun d'eux n'ait encore
éprouvé le moindre dérangement de santé? Ils ont
une de ces existences qui, à force de douceur et de
suavité, échappent à tous les calculs fondés sur
le dépérissement de la vie humaine. Peut-être s'é-
coulera-t-il deux siècles avant qu'il soit possible
d'établir, à leur égard, des tables de mortalité.
On dirait qu'aucune règle n'est faite pour eux, pas
même celle-ci. On voit mourir plus ou moins
jeunes des pères de famille recommandables, des
citoyens industrieux, des magistrats éclairés, des
princes et des guerriers utiles au soutien de l'État.
Mais des censeurs ! a-t-on jamais ouï dire qu'il en
soit mort un seul? Parcourez dans les *Petites Affi-
ches*, l'effrayante liste des décès; si vous y trouvez
le nom d'un censeur, je consens à prendre sa place
dans tel cimetière qu'il appartiendra. J'en connais
deux ou trois qui tombaient en ruines au moment
où le ministère les a nommés douaniers de l'opinion publique. Non-seulement la censure a fortifié
leur tempérament, mais elle les a rajeunis. Leur
santé donne aujourd'hui les plus belles espérances;
elle est pleine de sève et de jours. On croirait
qu'ils obtiennent un nouveau répit de la Parque,
à mesure que le ministère obtient des chambres
de nouveaux délais sur la liberté de la presse.

N'allez pas conclure de ce que je vous dis, M. Secousse, que je souhaite la mort de personne. Je ne désire qu'une chose, c'est de voir finir la censure huit ou dix jours avant moi, afin que mon testament n'ait rien à démêler avec elle, et que, sans avoir été biffés, altérés, ni même visés dans les bureaux de la rue des Saints-Pères, les billets de mon enterrement puissent innocemment circuler par la petite poste de mon quartier. Voilà uniquement pourquoi je m'effraie de la longévité des censeurs; car je sens bien que la censure est pour le moins placée à fonds perdu sur leur tête, et qu'après avoir donné cet apanage, on ne saura jamais comment le reprendre. Soit dit entre nous, c'est ainsi que toujours l'abîme invoque l'abîme, et que l'abus invoque l'abus. On a tellement pris goût à la censure, que déjà sa population se trouve doublée. Au lieu d'une rue qu'on lui avait d'abord accordée, elle en occupe deux; et on calcule que dans l'espace de dix-huit ans, elle aura envahi tout le faubourg Saint-Germain.

La difficulté de licencier ses légions entraîna continuellement l'ancienne Rome dans des guerres de conquête et d'invasion. Parce qu'elle avait sur les bras des troupes affamées de dépouilles, et dont elle n'osait se débarrasser en les congédiant, il fallut que le droit public, la liberté, la justice et le bonheur des peuples fussent sacrifiés à cette convenance. De nos jours, on a vu le même système te renouveler. Parce qu'on s'était mis sur le pied d'entretenir de grandes armées, on se trouva conduit à leur procurer, d'une manière permanente, de l'occupation et des dépouilles opimes. Dieu sait ce qui en arriva.

La censure ministérielle offre, en petit, le même tableau d'embarras et la même série de conséquences. Dans un moment de désordre et d'imprévoyance, on lui a formé des établissemens commodes. Naturellement elle devait tendre à les consolider et à les garder. On lui a laissé prendre des habitudes d'invasion et de conquête qui ont fini par la rendre ennemie de l'opinion publique et oppressive de nos libertés.

Ce qu'on aurait dû prévoir est donc arrivé. Cette légion de censeurs ne sait qu'imaginer pour se rendre importante et prolonger sa durée. L'idée de la licencier est faite pour effrayer un ministère accoutumé aux douceurs qu'elle lui procure. Car, il faut en convenir, ces faibles créatures sont pleines de reconnaissance pour la main qui les soutient. Elles se plaisent à proclamer la gloire du Très-Haut qui les a formées, et à répéter incessamment dans leurs concerts,

> Qu'aux petits des oiseaux il donne la pâture.

Aussi, quels soins empressés dans ces fidèles serviteurs ! quelle active sollicitude ! quel zèle pour la maison du Seigneur ! que ne font-ils pas pour que le maître dorme, d'un sommeil paisible, sur les oreilles de la censure, et pour chasser de sa porte toutes les vérités fâcheuses qui cherchent à y pénétrer ! combien ils sont attentifs à lui épargner tous ces petits chagrins d'administration qui vont en carrosse avec les ministres responsables !

Les charge-t-il de veiller à ce qu'on ne parle pas d'une arrestation marquante ou d'un procès politique, ils veillent à ce qu'on ne parle plus du tout d'arrestations ni de procès d'aucune espèce ; en sorte que l'on croirait toutes les prisons vides et tous les tribunaux en vacances. Une marque de bienveillance est-elle accordée à un notable personnage dont on désire que la bassesse demeure cachée, ils étendent d'eux-mêmes cette faveur à tous les parens et amis du délinquant, à toute sa province et aux quatre provinces voisines, pour plus de sûreté. Le maître souhaite-t-il que l'on cache au public, *jusqu'à nouvel ordre*, des pluies qui font renchérir les denrées, on est sûr de voir les journaux rester au beau fixe, en dépit des averses et des inondations. Le nouvel ordre arrive enfin parce qu'on a besoin de pluie pour expliquer des ravages, une cherté de grains et des révoltes. Il pleut alors tant qu'on veut, en vertu d'une circulaire du bureau de censure, qui arrive six semaines après que le mauvais temps a cessé, et qui ne sera révoquée, pour remettre les gazettes au beau fixe, que le jour où les pluies recommenceront.

Ce ne serait rien, toutefois, si cela se bornait aux affaires du ménage, si ces ridicules tâtonnemens et cet ordre de marche incertain ne se rapportaient qu'à des choses frivoles et insignifiantes ; mais les plus hauts intérêts de l'Europe se trouvent enveloppés dans cet inconcevable système de prohibition, dans ce silence universel de l'histoire. Quel est cependant le citoyen qui consente jamais, de son plein gré, à ce qu'il n'y ait de public, en France, que les patentes, les contributions et les levées de soldats? Quel est l'homme assez impassible pour n'être pas scandalisé, par exemple, du ton de bouffonnerie auquel la censure s'est permis de réduire les journaux, relativement à la tenue du congrès d'Aix-la-Chapelle? Dans tous les pays du Monde, la tâche des papiers publics est de rassembler les matériaux de l'histoire. Supposons, d'après cela, qu'un historien ait recours aux nôtres, dans cent ans d'ici, pour rendre compte des travaux de ce congrès, quelle sera sa surprise de n'y trouver que des tours d'escamotage de M. Comte; que des assauts de magie entre le prophète Muller et une diseuse de bonne aventure; que des ascensions d'aéronautes, des jeux de saltimbanques et autres puérilités du même intérêt! En ne découvrant à côté de ces misères, qu'une trace confuse de ce qui est auguste et mémorable dans cet évènement, ne serait-il pas tenté de prendre l'accessoire pour le principal, et d'imaginer seulement que, vers la fin de 1818, il y aurait eu à Aix-la-Chapelle une grande réunion de baladins, à l'occasion du séjour de quelques souverains qui seraient venus y prendre les eaux? Pareille offense a-t-elle jamais été faite à la majesté des rois? Et si une série non interrompue de platitudes, un oubli perpétuel de toute convenance n'avertissait qu'il y a une censure en France, quel est celui de nos journalistes qui ne méritât d'expier en prison, la boufforme irrévérence avec laquelle il ose présenter aux regards de l'Europe, une si grossière caricature du congrès d'Aix-la-Chapelle ?

Il faut être un peu mêlé aux affaires des journaux pour se figurer ce que c'est que cette masse d'inepties, d'incohérences et de contradictions choquantes que les censeurs appellent leurs instructions. Avec eux, les effets d'une cause passagère durent l'éternité. Leur paresse ou leur timide courtoisie, pour ne pas dire leur inquiète politique, s'opposent à ce qu'ils provoquent jamais la révocation d'aucun de ces petits ordres précipités qu'ils ont surpris à l'inadvertance du maître, et devant lesquels l'attention de celui-ci n'a fait que passer en courant. Loin de l'avertir du moment où une injonction commence à devenir inutile et ridicule, ils ne songent qu'à la faire rafraîchir pour en retarder la prescription. Par là, il se forme peu à peu, pour leur usage, un gros Code dans lequel on aurait déjà bien de la peine à trouver la permission de souhaiter le bonjour. Puis les journaux, ne sachant plus par quel chemin faire passer l'idée la plus innocente, la phrase la plus décolorée, tombent nécessairement dans quelque cas prévu par le gros Code ; puis les censeurs profitent de l'occasion pour crier à la révolte, et obtenir du maître une nouvelle extension de pouvoir ; puis le maître se persuade que cette cinquième roue aide beaucoup à faire marcher son carrosse, et que c'est elle qui l'empêche de verser ; puis il charge ses laborieux compagnons de travaux de lui présenter ensemble et séparément des Mémoires raisonnés sur la nécessité de les conserver; puis ils se mettent en devoir de lui prouver qu'il n'y a de salut pour la France que dans la censure; que c'est la censure qui retient Bonaparte dans l'île de Sainte-Hélène; que c'est la censure qui fait monter les effets publics, rentrer les contributions et acquitter les budgets; que c'est la censure qui répare les désastres de la révolution et du despotisme; que c'est la censure qui prépare les bonnes élections, et apprend à distinguer les députés ministériels de ceux qui ne le seraient pas; que sans elle tout l'édifice de la monarchie serait bientôt renversé; qu'il n'y a qu'elle qui pense bien en France, et qui sache exciter, en faveur des ministres, les vifs transports d'admiration, d'enthousiasme et de reconnaissance que la nation leur prodigue.

Qui ne serait séduit par l'aperçu de tant de services! quelle chambre de députés ne reculerait, par prudence, devant l'idée de licencier des hommes aussi précieux! Le ministère lui-même en ferait la proposition, qu'il faudrait encore y regarder à deux fois. Cependant il y aurait moyen de concilier les promesses de la Charte et les principes de la liberté publique, avec le seul genre de sollicitude qui occupe l'esprit des censeurs : sauvez la pension; donnez-leur des équivalens; et avec eux tout finit par là. Car c'est la malheureuse pension qui est cause que la patrie leur paraît en si grand danger. Autrement, ils sauraient très-bien que la liberté de la presse est non-seulement sans inconvénient par rapport aux journaux, mais qu'elle serait utile au rétablissement des vrais principes et à l'affermissement de la mo-

narchie. Ils sauraient très-bien que les écrivains mal-
intentionnés sont en petit nombre, et que les autres
n'invoquent la liberté d'écrire que pour faire la guerre
à l'erreur, pour redresser les fausses idées et re-
plonger dans la boue toutes les doctrines révolution-
naires. Ils sauraient très-bien que leur existence, à
eux, est une monstruosité politique qui ne sert qu'à
produire l'irritation, à prolonger le malaise public
et à répandre l'incertitude au milieu d'un état de
choses que la nation cherche à regarder comme
certain.

Mais il faut que tout soit sacrifié au besoin de les
maintenir dans leurs *sine cures*. Il faut que le royaume
reste privé d'instruction et d'idées saines, parce qu'il
leur convient que l'opinion publique demeure aplatie
sous le marteau de la censure. Aussi, voyez par
combien de circuits ils ramènent toutes les affaires
de l'état à la seule pensée qui les domine. Que de
mouvemens, que de petites manœuvres secrètes, que
d'articles de journaux pour faire partager au public
les hypocrites inquiétudes qu'ils affectent! C'est prin-
cipalement au sujet des élections qu'ils rivalisent
d'adresse et de perfidie pour décrier les candidats
dont ils ne supposent pas l'opinion favorable au
maintien de la censure. Car, encore une fois, c'est
là pour eux la clef de la voûte, la colonne de l'édifice
social et l'unique support de la monarchie. Quatre
milliards de dettes de plus ou de moins, cent cin-
quante mille étrangers sur les bras, de gros budgets
à régler, voilà de quoi ils ne s'embarrassent guère assurément. Leur sollicitude ne s'étend pas d'une ligne

au delà de leurs six mille francs (1). A leurs yeux tout
commence et finit là. Ils ne connaissent point d'autres
règles pour la composition de la chambre des députés,
point d'autres principes de gouvernement, point
d'autres garanties de la félicité publique, point d'autres
moyens de salut.

Avec de pareils intérêts, on sent combien il doit
être difficile de raisonner et de s'entendre. Sans cela,
il serait permis de demander raison à la censure de
l'espèce de note d'infamie dont elle ose continuer de
flétrir une classe entière d'écrivains à l'égard desquels
on ne craint pas de faire revivre la loi des suspects. Il
n'y a point ici d'exagération. Oui, la loi des suspects
revit dans toute sa force, pour atteindre sans exception
la totalité des hommes de lettres qui travaillent aux
journaux, tant à Paris que dans le reste des départe-
mens du royaume. Les faire conduire à la lisière par
une poignée de censeurs qui, en bonne règle, ne de-
vraient être que leurs écoliers, c'est leur dire l'équi-
valent de ceci : « Vous êtes tous suspects de malveil-
« lance, et, pour la sûreté de la monarchie, il convient
« que vous restiez muselés. On a des raisons particu-
« lières pour se méfier de vos intentions et de votre
« loyauté. Vous êtes soupçonnés de haïr le gouverne-
« ment, et de vouloir infecter l'opinion publique de
« vos mauvais principes. D'un autre côté, nous sa-
« vons, de bonne part, que ces mauvais principes se-
« raient goûtés et accueillis avec ardeur par les sujets

_____

(1) Que nos financiers se rassurent, ces pensions ne sont
point une charge publique; le fonds en est fait par les journaux qui paient ainsi les verges et les violons.

« du Roi ; car autrement l'état gagnerait plus qu'il ne
« perdrait à ce qu'on vous laissât écrire ; l'esprit na-
« tional nous ferait bonne et prompte justice de
« votre malveillance. Mais malheureusement nous
« n'en sommes pas là ; il règne partout des dispositions
« inquiétantes, et nos méfiances ne sont que trop fon-
« dées. Il faut que nous soyons bien sûrs de notre fait
« assurément pour risquer de faire à la nation une in-
« jure aussi grave, pour lui appliquer indirectement
« la loi des suspects, comme nous vous l'appliquons
« directement ; et enfin pour persuader ainsi aux
« étrangers que non-seulement il n'y a nulle sûreté en
« France avec la classe des gens de lettres, mais qu'il
« se trouve partout des auditoires disposés à se laisser
« entraîner par elle hors des voies de l'honneur et de
« la loyauté. »

Je suis convaincu, M. Secousse, que la censure
n'avait pas autrefois des inconvéniens aussi graves ;
mais il est clair que, de nos jours, elle conduit à toutes
ces conséquences. Elle ne nous laisse que la ressource
d'espérer que, parmi les hommes doués de quelque
jugement, on n'est pas dupe des motifs dont la censure s'appuie pour faire durer ce genre de honte, et
nous habituer, en fait de droits politiques, à la privation
qui accoutume à toutes les autres. En feignant de con-
sidérer comme suspecte de malveillance et d'infidélité
une classe de citoyens toute entière ; en commençant
par la punir des mauvaises intentions qu'on lui suppose,
sans lui donner le temps de les manifester ; en insi-
nuant que la nation est secrètement complice de ces
mauvaises dispositions, et que ses passions politiques

n'attendent qu'un souffle pour s'allumer , on donne à entendre que la sûreté du royaume ne tient qu'à un fil ; qu'on ne vit plus en France qu'artificiellement, et que , par conséquent , il faut beaucoup de talent et d'habileté pour maintenir l'Etat sur le pied où il marche. J'avoue que c'est une manière commode de se faire du mérite et d'acquérir de la gloire. Mais je doute que ce mérite appartienne exclusivement aux censeurs de la police. Si l'esprit public ne leur aidait un peu à diriger le vaisseau de l'état et à sauver la patrie , ce ne serait sûrement pas avec leur grosse loupe et des ratures qu'ils en viendraient à bout. Pour moi, j'aurais plus de confiance aux efforts d'une mouche que je verrais attelée au coche d'Auxerre , qu'à toutes les forces réunies qu'ils peuvent appliquer au timon de l'état.

Comme la censure porte en elle-même son vice radical et sa condamnation, peu importe qu'elle soit confiée à des mains habiles plutôt qu'à des mains ineptes. La forme ne fait rien là où le fonds est essentiellement vicieux. Mais pourtant il y a censeurs et censeurs ; et il ne pouvait être donné qu'à un petit nombre de trouver, comme les nôtres, le secret de placer le ministère entre tous les mécontentemens, sans lui conserver ses partisans et ses amis naturels. Par quel hasard se fait-il, en effet, que personne ne sache plus dire qui marche avec lui ou sans lui? Pourquoi est-il devenu si ordinaire de rencontrer des gens de bien qui se déclarent les amis du gouvernement sans oser se déclarer les amis du ministère , qui pourtant devrait être la même chose? Pourquoi ses propres sujets, ceux qu'il paie pour être à lui, prennent-ils, de si mauvaise grâce, la qualité de *ministériels* qu'on leur applique dans le monde par plaisanterie; et d'où vient s'en défendent-ils quelquefois comme d'une espèce d'injure? C'est qu'il y a une certaine pudeur publique qui se refuse même à rendre justice à ceux qui, en opprimant l'opinion, semblent vouloir emporter de force, les louanges que peut-être ils obtiendraient facilement de gré; c'est que les censeurs sont des organes mercenaires par lesquels on évite de recevoir ses impressions et de transmettre ses suffrages, et qu'en prodigant au ministère, des éloges avilis par l'intérêt, ils lui ont retiré ceux qui méritent d'être comptés pour quelque chose; c'est qu'enfin personne ne veut être du parti qui est réputé sous le fouet de l'esclavage; du parti de ceux qui ont des pensions pour mentir à leur conscience; du parti de ceux qui ont intérêt à entretenir, dans l'esprit du ministère, des idées fausses et des méfiances sans fondement; du parti de ceux qui ne cherchent à lui créer des embarras que pour en profiter; du parti de ceux qui prétendent lui faire régler tous les intérêts nationaux par la censure, et qui ne l'environnent d'un monde de fantômes et de gens suspects, que pour se faire appeler à son secours.

Le ministère sait mieux que moi, M. Secousse, jusqu'à quel point il peut se passer de l'opinion des gens de lettres; mais la suppression de la censure ne lui procurât-elle que dix suffrages parmi eux, ce serait toujours autant de gagné, puisqu'il il y a impossibilité à ce qu'il en obtienne autrement dans un pays où il est réputé honteux de louer ce qu'il est défendu de critiquer, et où l'on ne s'accoutumera jamais à entendre l'esclave chanter sous le fouet de son maître.

Si, du reste, il y avait le moindre inconvénient politique à ce que la liberté de la presse fût accordée aux journaux ; si la phalange d'écrivains qui se présente pour défendre la monarchie, n'était pas celle qui porte les glorieuses cicatrices du 18 fructidor ; si je n'étais pleinement convaincu que les armes ne seront pas tournées contre le gouvernement qui les aura délivrées, et qu'au contraire elles ne serviront qu'à soutenir les principes consacrés par notre loi fondamentale, qu'à repousser les doctrines ennemies de l'autel et du trône, qu'à rétablir les idées d'ordre, d'administration et de justice qui ont disparu dans nos troubles, je serais le premier à louer la prévoyance du ministère, et à lui conseiller de prendre ses sûretés. Mais lorsque, par une foule de notions certaines et de remarques infaillibles, il m'est démontré qu'il ne s'agit plus que de sauver l'apanage de censeurs ; lorsqu'il n'y a plus de rigueurs et de vexations que pour les écrivains bien intentionnés, et que la censure réduite avec eux à se repaître de virgules, se trouve impuissante contre les torrens vraiment redoutables qui se débordent par ailleurs, j'avoue qu'il m'en coûte beaucoup pour servir de jouet à la domination. Comment le ministère ne s'aperçoit-il pas que l'opinion publique s'est presque entièrement retirée des journaux où il est loué, pour se réfugier dans les brochures où il est blâmé ? Qu'il y prenne garde ; les censeurs lui font faire en cela un mauvais marché. Les lecteurs qu'ils chassent des feuilles quotidiennes, à force de dégoût et d'ennui, ne sont le plus souvent que des neutres; et, dans le camp ennemi, cette espèce de déserteurs se laisse facilement armer. Quant à ceux qui ne désertent pas du tout, le ministère peut compter sur eux à la vie et à la mort; ce sont les plus braves gens du monde; et puisque la censure ne les a pas brouillés avec lui, rien ne les brouillera.

En commençant ma lettre, mon cher M. Secousse, je n'avais pas l'intention de devenir aussi sérieux. Je ne voulais que traiter la censure comme elle traite les autres, et par cela seul j'étais dispensé de recourir ni au raisonnement ni aux principes; car tout son raisonnement à elle, tous ses principes consistent à faire vie qui dure. Les journaux ne sont entre ses mains qu'un moyen d'arriver à ce but; elle les sacrifie impitoyablement à cette convenance. C'est ainsi qu'à l'occasion des dernières élections, elle est venue mêler aux pâles nouvelles des rues, qu'elle tolère, sa cotisation habituelle de fourberies, en annonçant que le ministère s'occupait d'une loi générale sur la liberté de la presse, et sur l'établissement du jury demandé pour les écrivains. Elle savait bien à quoi s'en tenir sur la valeur de cette fallacieuse promesse, et elle était loin de redouter pour elle-même, les conséquences de cette perfide mystification. Autrement, la main des censeurs se serait desséchée en traçant cette espèce de testament. Mais ils sentaient, d'un autre côté, que, pour disposer les électeurs à entrer dans leurs vues, il fallait procurer à l'opinion publique cette sorte de redressement momentané, et la prendre pour ainsi dire par son faible, en lui jetant la seule amorce qui puisse la ramener vers le ministère. En cela , ils ont agi comme ces impies qui n'invoquent et ne reconnaissent l'Être-Suprème que dans le danger. Cet hommage involontaire de leur part en dit plus que toutes les réflexions. Ce serait évidemment le cri d'une bonne conscience, si la vérité qui l'arrache n'avait pour contre-poids des pensions de deux mille écus.

D'après ce que je viens de vous dire, M. Secousse, vous ne devez pas avoir une haute idée des principes de notre censure. Ce n'est cependant pas qu'elle en manque, et il est vraiment surprenant qu'il ne s'en rencontre pas quelques bons dans la quantité. D'abord il lui en arrive de nouveaux tous les jours, plutôt quatre fois qu'une. Elle en puise à tant de sources , qu'elle n'est jamais embarrassée que du choix. Veut-elle des principes de cabinet? on lui en donne. Veut-elle des principes de bureau? on lui en fournit. Veut-elle des principes du rez-de-chaussée, du premier, du second, de l'entresol? qu'elle choisisse; il y en a de différens à tous les étages des hôtels où elle s'approvisionne. Seulement elle doit prendre la précaution de les faire souvent renouveler ; car les principes du samedi sont quelquefois bien loin le dimanche, et ceux de la veille ne se reconnaissent guère mieux le lendemain que si un demi-siècle avait passé entre eux. Les journalistes les plus avisés sont ceux qui se tiennent constamment à l'affût des principes et qui ont l'habileté de les prendre au vol. Enfin il y a une telle quantité de principes qui se succèdent, qui se croisent et se repoussent tour à tour, qu'ils ont l'air de se relever entre eux comme des consignes, et qu'il est souvent arrivé à des censeurs d'envoyer leurs garçons de bureau chercher les principes du soir, après avoir pris eux-mêmes les principes du matin. Malgré ces précautions, il survient encore des variantes pendant la nuit, et il n'est pas rare de voir arrêter l'impression d'un journal, pour détrôner, à onze heures du soir, les principes qui régnaient tant bien que mal à cinq heures de l'après-midi.

Tout cela cesse d'étonner, au surplus, quand on connaît l'essaim de surnuméraires attachés aux grands bureaux de la censure. Après que toutes les idées et les phrases non insignifiantes ont été enlevées d'un journal; après que chaque mot, chaque point et chaque virgule ont été minutieusement examinés à la loupe, ils savent encore découvrir quelques épis dans le champ où les glaneurs ordinaires et extraordinaires ont épuisé leurs recherches. Faute d'épis, ils ramassent toutes les petites pailles qui, par un accident d'optique heureusement très-rare, ont pu échapper à toutes les attentions réunies qui avaient déjà passé par là. Il ne faut pas demander si l'on a soin d'encourager ce genre de découvertes; on y a égard sur-le-champ. Au premier cri d'alarme, on tient conseil de révision; et le malheureux journal qui était parti sous la foi des traités, sous la garantie du droit des gens, se trouve de nouveau repris de justice, et, par lettres de cachet, écroué dans un cabanon de la grande poste. Ainsi, ce n'est pas assez que de sortir vivant des mains de la censure, il faut encore échapper au pénétrant odorat des élèves qu'elle forme, et qui promettent au ministère, pour l'avenir, une race de furets très-supérieure à celle dont il se sert   uellement pour la chasse aux idées.

Je n'ignore pas, M. Secousse, qu'un ministre se considère comme une espèce de providence forcée d'abandonner aux causes secondes, le soin de conduire le char du
soleil par les routes qu'elle a tracées. A la bonne heure;
mais si ces causes secondes ne s'entendent pas entre elles;
si les unes poussent à gauche tandis que les autres poussent à droite ; si toutes enfin veulent se rendre séparément maîtresses du système qui les fait mouvoir, on
comprend qu'il en résultera une horrible confusion au
milieu de laquelle personne ne se reconnaîtra plus.

Telle est la situation des gens de lettres placés
sous la main inquiète et mal-habile d'une censure
qui tire à-la-fois les rênes à droite et à gauche; qui
défend le soir ce qu'elle a permis le matin; qui
refuse aux uns les autorisations et les main-levées
qu'elle accorde aux autres ; qui dit oui et non
quinze fois par jour, sans qu'on puisse jamais se
reposer sur son dernier mot. Il résulte de cet état
de choses, que le censeur le plus funeste à la propriété qu'on lui a livrée, est celui qui vise à obtenir souvent une petite image comme celles qu'on
délivre à l'école aux enfans dont le maître a été
content pendant la semaine. Pour mériter cette petite image et le déjeuner de félicitation qui l'accompagne, il n'y a point d'intérêt étranger qu'il
ne sacrifie, et il tranche dans la propriété d'autrui
avec une incroyable indifférence.

Ce n'est pas que le maître exige peut-être ce degré
de *sagesse* et d'insensibilité de la part des censeurs
qu'il emploie, parce qu'il n'y a point d'homme d'état qui veuille nuire à une classe de citoyens, sans

2*

nécessité; mais dans le doute ils s'abstiennent, et malheureusement ils doutent de tout. En n'approchant point de la borne, ils sont plus sûrs de ne pas se blesser ; et aussi s'en tiennent-ils à une distance qui les met à l'abri de tout accident. Plus ils ont l'esprit étroit et méticuleux, plus ils ont la main prompte à découper des idées et à sabrer un journal. Du reste, ils savent beaucoup mieux ce qu'ils ne veulent pas que ce qu'ils veulent. Tout leur système, s'ils en ont un, se compose de négatif; il n'y a de positif dans leur tête que les six mille francs de pension.

On a peine à concevoir, sans doute, que les journaux aient résisté à tant de violences et à tant de causes de destruction. Qu'on n'en sache aucun gré à l'ennemi; il y a long-temps qu'il les aurait sacrifiés à sa prudence si les journaux et les censeurs pouvaient mourir les uns sans les autres. C'est la pension de ceux-ci qui a sauvé la vie à ceux-là. Pour tout concilier, il a été permis aux feuilles politiques de parler des vélocipèdes, du cerf de M. Margat, des apoplexies foudroyantes et du gros serpent de mer. Il faut convenir qu'elles ont su profiter de la permission et faire durer le plaisir.

Et n'imaginez pas, mon cher M. Secousse, que le système actuel n'atteigne que les journaux. Il arrive par des chemins de traverse, dans toutes les parties de la république des lettres; il s'étend sur tout le domaine de l'imprimerie. Il n'y a pas un auteur qui puisse échapper aux mille filets qui l'enveloppent, aux mille combinaisons qui le ramènent de toutes parts dans la juridiction de la censure. Voici de quelle manière la chose s'effectue.

Lorsqu'un ouvrage n'est pas étouffé dans son berceau, ses premiers pas le dirigent vers la rue des Saints-Pères. Là, des jurés épars dans sept ou huit bureaux, l'attendent pour le juger, chacun séparément. Il trouve parmi eux, autant d'opinions différentes qu'il y a de couleurs dans l'arc-en-ciel. Chacune de ces opinions, comme de raison, cherche à préserver l'esprit public de la contagion des mauvais écrits; et devant elle tout écrit est réputé dangereux quand il se présente avec d'autres idées et d'autres principes que ceux qu'elle affectionne. Supposez qu'il soit bien tombé auprès de son premier juge, il va passer dans le bureau voisin, descendre et monter d'une chambre de justice à l'autre, jusqu'à ce qu'un petit bout de rapport, bien ou mal rencontré, vienne le sauver où le perdre.

Dans ce dernier cas, tout le ban de la censure est convoqué. On lui notifie l'arrêt prononcé contre le malheureux livre, et le voilà pour toujours précipité dans les limbes; car aucun journal n'en fera mention; celui de la librairie lui-même recevra défense de le placer dans sa galerie. Chaque censeur est chargé de veiller à ce qu'il demeure au secret, à ce qu'il vieillisse sous le masque de fer.

Ainsi la censure, à laquelle il avait d'abord échappé manuscrit, l'a retrouvé sous une autre forme, et elle l'a frappé de son marteau. Elle n'avait pu dire, comme le conventionnel Couthon, *maison, je te démolis au nom de la loi;* mais elle a trouvé le moyen de dire : « Maison, je te ferme, et tu resteras fermée « en vertu de mon attraction et de mes voies obliques.»

Tel est le mépris avec lequel les affaires sont traitées en matière de censure ; tel est l'abus de la force et l'oubli de toute pudeur à l'égard des propiétaires de journaux et des gens de lettres associés à leur sort, qu'on ne daigne pas même leur notifier l'avènement d'un censeur. Celui-ci se contente d'apparaître comme un commandeur sur une habitation de nègres. Personne que lui ne vous apprend qu'il est votre maître, et il faut s'en rapporter là-dessus à ce qu'il vous fait l'honneur de vous dire. En sorte que, si jamais (ce qu'à Dieu ne plaise!) un des censeurs actuels venait à mourir, un fourbe aurait beau jeu pour lui succéder. Habitué comme on l'est, dans les établissemens de journaux, à recevoir ces messieurs sur parole, on ne s'aviserait certainement pas d'aller aux informations. Les rédacteurs du Code de procédure n'ont point songé à cela, car ils n'ont prévu par aucun article le cas d'escroquerie en matière de censure.

Il faut être fonctionnaire public pour se faire ouvrir d'autorité la porte d'un cabaret ou d'un lieu de débauche. Il faut être assermenté en justice pour visiter un panier de fruits, à l'entrée d'une ville d'octroi. Et le premier venu, sans commission écrite ni connue, paraît toujours assez bon au ministère, pour décider du sort d'un journal, pour plomber à la manière des douaniers, toutes les pensées qui demandent à pénétrer ; et enfin pour exercer envers les gens de lettres l'office de grand prévôt (1) !

____

(1) C'est pourtant une chose assez importante que le

(25)

Si vous ne teniez pas à la profession par de vieux liens, M. Secousse , j'entrerais avec vous dans des détails faits pour indigner les âmes généreuses en qui les brevets de pension n'ont pas étouffé tout sentiment de pudeur. Ce que je viens de vous dire suffira, j'espère, pour vous faire sentir combien on a tort d'abandonner ainsi aux caprices de l'arbitraire ce qui ne devrait être confié qu'à la garde des lois et aux sollicitudes des magistrats. Persuadez-vous bien que je ne demande grâce à personne et que je ne fais ma cour à

choix des censeurs ; car il dépendrait d'un seul d'entre eux de faire déclarer la guerre à la France, d'un instant à l'autre. Tous les journaux étant devenus officiels, il lui suffirait pour cela d'insérer une phrase hostile et mal sonnante en diplomatie. Du moment où rien ne paraît qu'avec approbation et privilège, c'est au ministère à répondre de tout. Il a si bien senti cet inconvénient, qu'il a pris la précaution de doubler les postes de la censure , en faisant contrôler par le département des affaires étrangères, le peu de nouvelles qui n'est pas étouffé dans les bureaux de la police. Il lui reste cependant encore une sûreté à prendre pour être tout à fait tranquille ; c'est de renvoyer à Pétersbourg, à Constantinople et à Pékin, pour y faire revêtir d'une troisième approbation, toutes les nouvelles qui arrivent de ces pays-là, et auxquelles on se contente de faire subir deux fois l'amputation. Ce n'est pas assez ; une troisième filière remédierait à cela ; et ce serait vraiment alors que la censure aurait atteint son plus haut degé de perfection. Cette marche ferait un peu languir la correspondance politique des journaux : mais pour ce qu'elle vaut en sortant des salles de dissection de la censure, est-ce la peine de s'en faire faute ?

qui que ce soit. Mais si jamais un écrit me conduisait devant des juges, je vous proteste qu'il n'en coûterait rien à mon amour-propre pour rendre cet hommage à la justice, pour s'incliner devant une autorité consacrée par des respects universels; tandis que toutes les facultés de mon âme se révoltent et se soulèvent contre l'idée de soumettre mon jugement, mes pensées et mon intelligence, à un subdélégué de la librairie, dans lequel je pourrais non-seulement ne rencontrer qu'un égal, mais qu'un simple protégé du pouvoir, inférieur à moi en âge, en science politique et en discernement.

Je ne suis pas même de ceux qui demandent des jurés. Je ne me méfie point d'un corps de magistrats; je ne me méfie point de ce qui est public. Tout ce qui me représente la justice et la lumière est bon; tout ce qui me représente l'arbitraire et l'obscurité m'est odieux.

Si la différence est grande par rapport à moi, elle est grande aussi par rapport à la société. Dans le courant de l'année dernière, la voix d'un seul magistrat a suffi pour imprimer aux factions une terreur salutaire, pour donner à l'opinion publique un grand mouvement et de sûres directions, pour répandre notre nouvelle instruction politique dans toutes les parties du royaume. C'est qu'il y avait un auditoire pour l'entendre et des plumes pour recueillir ses paroles (1).

____

(1) Que M. de Marchangy ne s'y trompe pas cependant. Si ses réquisitoires eussent pu être atteints par la censure, il est probable qu'elle n'eût pas fait grâce aux saines doctrines et aux sentimens généreux qu'il a proclamés; plus d'une fois elle a dû être épouvantée d'y trouver sa condamnation.

En supposant que les principes soient aussi bons et aussi lucides dans la rue des Saints-Pères, ils y restent ensevelis dans les ténèbres. En supposant qu'on n'y étouffe que de mauvais écrits, cela s'opère en quelque sorte, par une de ces exécutions de prison dont l'exemple est perdu pour la société.

De quelque manière qu'on envisage les choses, mon cher M. Secousse, la censure est donc hors de toutes les règles, de tous les principes, et de tous les intérêts nationaux. Ah ! si le roi savait jusqu'à quel point se trouve deshonorée et flétrie, cette noble profession des lettres que les études de sa jeunesse avaient encore illustrée, souffrirait-il que la honte, l'outrage et l'humiliation continuassent d'abreuver des âmes dont il connaît mieux qu'un autre, le genre d'élévation et de sensibilité !

Voilà, M. Secousse, une partie de ce que j'avais à vous apprendre. J'entrerai un autre jour dans des détails qui vous surprendront encore davantage. Je ne doute pas que la censure ne s'industrie pour barrer le passage à cette première lettre ; mais dût-elle ne s'imprimer qu'au fond d'une mine de la Sibérie, et ne vous arriver que par la route qu'on cherche dans ce moment vers le pôle du nord, je suis sûr quelle vous parviendra.

BELLEMARE.

N. B. *Le médecin des gens en place* va publier une consultation que j'aurai soin de vous adresser par un des premiers malades que ses confrères dépêcheront.

FIN.

90

www.ingramcontent.com/pod-product-compliance
Lightning Source LLC
LaVergne TN
LVHW051126060726
842526LV00006B/1927